원통 안의 소녀

원통 안의 소녀

김초엽 소설 — 근하 그림

창비

차 례

지유는 도망치고 있었다. 플라스틱 원통의 바퀴가 도로 위에서 미끄러졌다. 원래도 느려 터진 프로텍터지만 오늘따라 더 속도가 나지 않았다. 지나가는 사람들도 오늘따라 더 흘끔거리는 것 같아 뒤통수가 따가웠다.

"짜증 나. 그만 좀 따라와."

무심코 중얼거린 말을 들은 사람이 인상을 쓰며 지유를 흘겨보았다. 아저씨한테 한 말 아닌데요.

그렇게 변명할 여유도 없었다. 눈앞에 또 스피커가 보여서 다시 방향을 틀어야 했다. 그러기를 십 분째, 여기라면 감시 카메라도 없고 그 이상한 목소리가 튀어나오는 스피커도 없겠지 싶은 곳에 겨우 도착했다. 으슥한 골목이었다.

한숨 돌리면서 기억을 되짚어 보았지만 어쩌다 사고를 친 건지 잘 모르겠다. 열 살 무렵부터 프로텍터를 타고 돌아다녔는데 이런 일은 처음이었다. 어쩌면 플라스틱 너머의 풍경에 너무 정신이 팔려 있었기 때문인지도 모른다.

밤새도록 퍼붓던 비가 새벽이 되자마자 그쳤다. 도시 곳곳의 분사기에서 에어로이드 입자가 뿜어져 나오기 시작했다. 빠른 속도로 자가 증식하는 에어로이드들은 공기 중에 빛을 오묘하게 반사하는 얇은 막을 만든다. 그럴 때면 도시는 반짝이는 무지개 구슬을 매단 동화 속의 무도회장 같았고, 지유는 이렇게 비가 내린 다음 날 아침 공원을 산책하는 일을 좋아했다.

도시의 주말 오전은 한산하고 여유로웠다. 그런데 오늘은 아침부터 어떤 남자가 특이한 가판대를 펼쳐 놓고 있었다. 그는 에어로이드를 조작해 신기한 모양의 솜사탕을 만드는 재주를 선보였다. 부지런한 아빠의 손에 끌려 나와 연신 하품을 해 대거나 뚱한 표정을 짓고 있던 아이들도 나선을 그리며 부풀어 오르는 솜사탕을 보더니 잠이 깼다. 곧 아이들은 가판대 앞에 모여 눈을 반짝이기 시작했다. 솜사탕에서 시선을 떼지 못한 건 멀찍이 떨어져 있던 지유도 마찬가지였다.

하필 그때 옆에서 누군가가 지유의 프로텍터를 확 밀면서 지나쳤고, 지유는 깜짝 놀라 뒤로 물러서다가 그 자리에 설치되어 있던 막대형 분사기에 부딪히고 말았다. 순식간에 뚝 부러진 분사기를 프로텍터 밖에 달린 소형 로봇 팔로 어떻게든 수습해 보려던 지유는 결국 에라 모르겠다 하는 심정이 되었다.

"도망쳐도 소용없다니까."

맙소사, 여기도 있었어. 지유는 고개를 휙 돌려 목소리가 어디서 흘러나오는지를 살폈다. 어두워서 확실하지는 않았지만 골목 끝에 방범용 카메라와 스피커가 달린 모양이었다.

"네가 누군지도 알아냈어. 문지유, 맞지?"

지유를 쫓아오는 저 목소리가 문제였다. 아까 지유는 부러진 분사기 앞에서 발을 동동 구르다 어찌할 방법이 없어서 일단은 자리를 떴었다. 집에 가서 해결 방법이 있을지 고민해 보려고 했다. 그런데 그때부터 갑자기 지유가 가는 길목마다 거리의 스피커들이 "그리고 그냥 가면 어떡해? 내가 다 봤거든!" 따위의 말을 내뱉기 시작했다. 가는 곳마다 목소리가 쫓아왔다. 처음에는 도시 방범 프로그램이 자기를 놀리나 싶었고 나중에는 오기가 생겨서 더 필사적으로 도망쳤다.

하지만 이제 막다른 골목이다. 아주 좁은 틈이 하나 보이지만 프로텍터를 탄 상태로는 지나갈 수 없다.

결국 지유는 항의하듯 카메라를 보며 말했다.

"알아냈다면서 왜 자꾸 이러는데?"

"뭐?"

"검색해 봤으면 알 거 아냐. 내가 바로 '그 애'라는 거. 나는 이 안에서 못 나가. 그냥 도망친 건 잘못했지만, 거기서 뭘 더 어떻게 해? 직접 고칠 수도 없는데. 자, 현행범으로 끌고 가 보든지."

스스로 듣기에도 공공 기물을 부숴 먹은 것치고는 퍽이나 뻔뻔하다 싶었다. 그렇지만 자

신의 정체를 알고서도 굳이 끈질기게 쫓아와 추궁
하려 드는 저 스피커 너머의 목소리가 얄미웠다.
어차피 신원도 알았으면서. 그냥 나중에 청구서를
보낸다든지 할 수도 있는 것 아닌가.

"아."

그런데 더 당당하게 나올 줄 알았던 목소리에서
뜻밖에도 당혹감이 느껴졌다.

"너, 거기서 못 나와?"

"……."

지유는 미간을 찌푸렸다. 프로텍터를 조작하느라고 꽉 쥐고 있던 손에 긴장이 탁 풀렸다. 이 눈에 띄는 프로텍터를 보고도 그런 반응이라니. 대체 저 목소리는 누구길래, 그 유명한 다큐멘터리 「원통 안의 소녀」도 보지 않았단 말인가?

/ 다큐멘터리 /

원통 안의 소녀

*

　지유는 두 번의 계기로 도시에서 유명해졌다. 처음에는 방독면을 쓴 소녀로, 그다음에는 원통 안의 소녀로. 첫 번째는 동네 아주머니가 이웃집 꼬마 지유의 안타까운 사연을 온라인 사이트에 올리면서였고, 두 번째는 한 기업에서 지유를 사회 환원 사업의 대상자로 선정하면서였다. 기업에서는 방송사와 협업해 다큐멘터리까지 찍었다. 두 번 다 엄청난 화제가 되었다.

물론 달갑지는 않았다. 어른이 될 나이도 그리 많이 남지 않았는데 어려 보인다는 이유만으로 '소녀'라고 불리는 건 그렇다 쳐도, 거리에서 마주치는 사람들이 동정 어린 눈빛을 보내올 때마다 지유는 어떤 표정을 지어야 할지 알 수 없었다. 프로텍터는 왜 투명한 플라스틱으로 만든 걸까? 차라리 밖에서는 안이 보이지 않는 재질이었다면 다들 걸어 다니는 기둥인 줄 알고 알아서 피해 갈 텐데.

지유는 베타-프로니틴 이상 면역 반응 환자였다. 간단히 말해서, 에어로이드가 있는 곳에서는 숨을 쉴 수 없었다. 인류 역사상 인간이 알레르기 반응을 보였던 물질들을 꼽아 보면 끝도 없겠지만 지금처럼 온 도시 곳곳에 에어로이드 분사기가 설치된 세계에서는 이만큼 치명적인 알레르기도 없었다. 적어도 고양이 털이라면 대기를 가득 채울 일은 없을 테니까.

어떤 사람들은 에어로이드를 신의 선물이라고 부른다. 그건 좀 우스운 별명이었다. 에어로이드가 세계를 바꾸어 놓게 된 발단이 사실은 인간의 어처구니없는 실수였다는 걸 생각해 보면 말이다.

에어로이드는 원래 지구 온난화와 대기 오염 문제를 해결하기 위해 처음 개발됐다. 수십 년 전 걷잡을 수 없이 더워지는 지구 환경을 돌이켜 보려는 연구들이 진행되었는데, 분진형 나노봇은 그 대안 중 하나였다. 하지만 대기 중에 흩어진 나노봇들이 호흡기로 들어오면 안전성을 장담할 수 없다는 치명적인 문제 때문에 연구는 벽에 막힌 상태였다.

그런데 한 연구팀에서 대형 사고를 쳤다. 밀폐된 돔 안의 쥐들에게 나노봇 분사 실험을 하던 중에, 실수로 돔 밖의 연구소 복도까지 나노봇이 왕창 흩뿌려지고 만 것이다. 심지어 연구원들은 점심을 먹고 돌아와 이미 두 시간이 지난 후에야 그 사실을 알았다. 그동안 나노봇은 끝도 없이 증식했고, 연구소에 있던 모든 장비와 사람이 대량의 나노봇을 뒤집어쓴 건 물론이었다. 누출을 차단하고, 건물 내의 스프링클러를 몽땅 작동시켜서 공기 중의 나노봇들을 물에 녹이는 것으로 당장의 사고는 수습되

었다. 사람들은 긴장하며 그다음
에 벌어질 일을 기다렸다. 어떤 부작용이 일
어날지 누구도 예측할 수 없었다. 끔찍한 재앙으로
이어질 수도 있었다. 사고를 친 연구원과 책임자인
연구소장이 고개를 푹 숙인 채 며칠 내내 뉴스 화
면에 나왔다.

　그러나 놀랍게도, 당시 연구소에 있었던 사람들
에게는 어떠한 피해도 없었다. 며칠 전부터 감기에
걸려 있던 연구원 한 명이 콜록거리는 장면이 몰래
촬영되어 TV에 방송된 것이 다였다. 이후로 몇 년
에 걸쳐 유해 영향 관찰과 의료용 클론 및 포유류에
대한 생체 실험이 엄격하게 진행됐고 사람들은 마침
내 나노봇이 인체에 해롭지 않다는 결론을 내렸다.

　분진형 나노봇에는 '에어로이드'라는 이름이

붙었다.

다음 단계들은 나노봇의 자가

증식 속도만큼이나 순식간에 진행되었다.

초창기 에어로이드는 가정의 공기 청정기 대용으로 등장했다. 곧 더 많은 가능성이 제시되었다. 공공 분사 시스템을 구축할 경우 기상 현상을 완벽하게 통제할 수 있다는 사실이 알려졌다. 얼마 지나지 않아 도시들은 에어로이드를 중심으로 개편되었다. 도시의 에어로이드는 바람을 따라 이웃한 지역으로 이동하므로, 도시 인근 지역에서도 제어 장치만 설치하면 나노봇을 활용할 수 있었다. 태풍과

홍수는 인류가 통제 가능한 종류의 재난이 되었다. 나노봇에 작은 탐침을 부착해서 대기 오염 물질과 온실 기체를 제거하는 프로젝트가 가동되었다. 최근에는 호흡을 통해 자연스럽게 혈액 속에 녹아든 에어로이드에 적절한 외부 처치를 가해 의료 기능을 하게 만들 수 있을지 하는 연구도 이루어지고 있었다.

처음으로 나노봇을 뒤집어썼던 연구소 사람들은 자신도 모르는 새에 인류를 위한 실험용 생쥐가 된 셈이었는데, 이십 년이 지난 후에는 방송에 나와서 그 경험을 자랑스럽게 이야기하기도 했다.

지유는 호흡 보조기를 단 채로 병원의 침대에 쪼그려 앉아 그 방송을 보았다. '만약 그때 저 사람들이 실수를 안 했다면, 나는 지금 환자가 아니겠지.' 그런 생각을 하면서.

극소수의 사람들이 에어로이드에 대한 이상 면역 반응을 보였다. 지유는 그중 한 명이었다. 정확히는 에어로이드의 증식에 필요한 합성 물질 베타-프로니틴에 대한 이상 면역 반응이었다. 공기청정기가 돌아가는 집 안에서도 옷에 남은 에어로이드 때문에 기침이 나왔고, 집 밖으로 몇 발짝이라도 나가면 위험할 정도로 코와 목이 부어오르고 온몸에 두드러기가 났다. 심할 때는 호흡이 힘든 수준이었다.

지유와 같은 사람들은 대부분 어릴 적부터 유전자 교정 치료를 받는다. 하지만 지유에게는 교정 치료도 소용이 없었다. 부모님은 지유의 의료용 클론을 만들어서 중추 신경계를 이식하는 방법까지 고려했지만 어마어마한 비용과 위험성 때문에 포기해야 했다. 이민도 생각했지만 지유의 가족이 갈 수 있을 만한 지역은 이미 에어로이드의 영향권이었으므로 선택지가 거의 없었다.

결국 지유는 에어로이드를 걸러 주는 방독면을 착용하고 온몸에 오일 코팅제를 발라야만 밖을 걸어 다닐 수 있었다. '방독면을 쓴 소녀'로 유명해진 건 바로 그즈음이었다. 지유는 동정의 눈빛과 도움의 손길을 동시에 받게 되었는데, 그 손길들이 전혀 쓸모없지는 않았던 덕분에 열 살 무렵 방독면을 벗어 던질 수 있었다. 그 대신 지유는

'프로텍터'라는 이름으로 개발된 플라스틱 원통형 차량을 타게 되었다. 프로텍터는 에어로이드를 완벽하게 걸러 내는 필터 기기가 내장된 소형 차량으로 속도 제한을 걸어 보행자 도로로 다닐 수 있도록 허가를 받았다. 엄청난 개발 비용을 들인 프로텍터를 무료로 받는 대신 지유는 신기술의 부작용을 조명하는 다큐멘터리에 출연해야 했다. 그 다큐멘터리가 바로 「원통 안의 소녀」였다. 물론 감당할 만한 대가였다. 방독면을 쓰고 다니는 것보다야 이쪽이 나았다.

「원통 안의 소녀」가 대단한 화제가 된 뒤로 길에서 마주친 사람들마다 지유의 사정을 다 안다는 듯 고개를 끄덕였기 때문에, 지유는 자신이 타고 다니는 플라스틱 원통의 정체를 구구절절이 설명할 필요가 없었다. 그래서 이렇게 드러내 놓고 당황하는 상대는 처음이기도 했다.

"아, 이제 알아냈어. 너 정말 유명하네. 네가 그 '소녀'라는 거지? 소녀라기에는 좀 어른 같은데?"
"당연하지. 그렇게 어린 나이도 아니야."

늘 어려 보인다는 말만 듣다가 어른 같다는 말을 들으니 지유는 스피커 뒤의 목소리에 호감이 좀 생겼다.

목소리는 자신을 '노아'라고 밝혔다. 노아는 이 구역의 에어로이드를 관리하는 일을 하고 있다고 했다. 기상청 같은 데서 일하는 모양이었다. 분사기가 파손되면 곧장 알림이 오는데, 웬만해서는 이렇게까지 크게 파손되는 일은 없어서 자신도 당황했다

며, 하필 이상한 원통 차량을 타고 있어서 일부러 부순 줄 알았다고 했다. 그제야 지유는 냅다 도망친 게 조금 미안하게 느껴졌다.

일단 머리를 식히고 나니 오늘 저지른 일이 갑자기 심각하게 느껴졌다. 얼마나 큰일인 거지? 차라리 도망치지 말 걸 그랬나? 하지만 그건 도망친 거라기보다는 나도 너무 놀라서……. 속으로 머리를 굴렸지만 역시 변명의 여지가 없었다.

노아는 내일 다시 연락하겠다며 사라졌다. 그날 밤에 에어로이드 분사기의 가격을 검색해 본 지유는 기겁했다. 사실 아주 큰일은 아니라고 생각했다. 분사기는 도시 곳곳에 있는 흔한 물건이니까 기껏해야 가로등 정도 가격이 아닐까 싶었다. 그런데 알고 보니 에어로이드 분사기는 어마어마하게 비싼 물건이었다. 가정용만 해도 값이 제법 나가는

데 도시 큰길에 설치된 대용량 분사기는 말할 것도 없었다. 그런 물건인 만큼 웬만한 사람이 발로 차거나 하는 정도로는 망가질 리가 없는데, 프로텍터가 덩치가 크고 무게도 있는 물건이다 보니 사고가 난 것 같았다.

이튿날 지유는 심란한 마음으로 거리로 나섰다. 일단 학교에 가려고 나오긴 했지만 밤새 걱정하느라 한숨도 자지 못해서 머리가 아팠다. 분명 엄청난 금액의 청구서가 날아오겠지. 돈을 낼 능력이 없다고 하면 공공 기물 파손죄로 추궁을 당하려나. 학생인 지유로서는 감당하기 힘든 금액일 터였다. 그다지 부유한 집도 아닌데, 부모님께 말씀드려야 한다는 생각을 하니 막막해졌다.

어깨를 축 늘어뜨린 채로 수업을 들으러 가던 지유는 다시 길목의 스피커 앞에서 붙잡혔다. 노아의 목소리였다.

"안 좋은 소식이 있어."

말투는 친절해졌지만 내용은 무시무시했다.

"좀 살펴봤는데, 간단한 수리로는 힘들 것 같고 교체를 해야 하는데, 이게 꽤 비싼 거라서."

지유는 한숨을 쉬었다. 어느 정도 예상은 하고
있었다.

"그래서 얼마를 내야 해?"

"아, 저기. 돈을 내라는 게 아니라……. 있어 봐,
일단."

"그럼?"

"음, 내 관할 구역에서 이런 일이 생기면 사실
나한테도 좋을 건 없거든. 그러니까 우리 선에서
잘 처리해 보자는 거지. 네 도움이 필요하지만."

혹하는 제안이기는 했다. 하지만 곧 지유는 고
개를 저으며 말했다.

"불법적인 일은 싫어."

"어제 그렇게 도망쳤던 네가 할 말은 아닌 것 같은데?"

노아가 무슨 생각을 하는지는 모르겠지만, 일을 덮으려고 하다가 오히려 더 큰 일로 번질 수도 있었다.

"있잖아, 그냥 내가 한 짓이라고 보고해도 상관없어."

"돈도 없다며."

"생각해 봤는데, 불쌍한 척하면 될 것 같아. 내가 늘 하는 일인걸. 그러면 좀 봐주겠지. 아닐 수도 있지만."

지유에게는 익숙한 일이었다. 프로텍터를 받던

순간부터 말이다. 아니면 그 전부터였을 수도. 어떻게든 이곳에서의 삶을 이어 가기 위해 동정을 사고, 그렇게 받은 연민으로 다시 살아가고……. 어릴 적부터 그러지 않았는가.

어차피 일부러 부순 것도 아니고.

괜히 억울한 기분에 지유는 프로텍터의 안쪽 벽을 툭 쳤다. 이런 걸 타고 다니는 이상 움직임이 둔할 수밖에 없다. 투명한 원통이라고는 해도 여기저기 달린 공기 정화용 장비들 때문에 어쩔 수 없이 시야가 가려진다. 그런 점을 들어서 동정심에 호소해 보지 뭐. 설마 이런 가난한 학생에게 다 물어내라고 하지는 않겠지. 못된 생각인가?

지유는
그런 생각을 하는 자신이
한심하게 느껴졌다.

동정이 싫다면서
결국은 동정에 기대어
살아가고 있다.

잠시 답이 없던 노아는, 조금 누그러진 어조로
말했다.

"됐어. 그러지 마."
"왜?"

"네가 그런 식으로 생각하는 게
싫어서."

지유는 그 말에 웃음이 나왔다.
무섭게 쫓아올 때는 언제고, 하루
만에 태도가 변해서 마음 약한 척
굴고 있다니.

"그리고 따져 보면 그렇게 불법
적인 해결책도 아니야."

뭔지 들어나 보자 싶었다. 지유는 고개를 끄덕
이며 물었다.

"내가 뭘 해야 하는데? 내 도움이 필요하다며."
"어, 잠시만. 지금 남아 있는 부품을 좀 확인해
보고……."

그러더니 갑자기 스피커에서 치직 하는 노이즈
가 들렸다.

"저기,
노아?"

스피커가 툭 하고 완전히
끊겼다. 지유는 멍해졌다.

"나 수업 가도 되지?"

카메라 앞에 손을 휘휘 저으며 물어봐도 노아는
답이 없었다. 획 나타났다가 획 사라져 버리네. 정
말 정신없는 녀석이었다.

노아는 오후에 다시 나타났다. 하굣길이었다.
지유는 집으로 가면서 노아의 설명을 들었다.
다행히도 창고에서 교체용 예비 분사기를 하나 발

견했다고 한다. 문제는 교체를 하기 위해 노아가 직접 움직일 수가 없다는 거였다. 보통 때는 수리용 로봇을 활용하지만 이번에는 파손 정도가 커서 대신 접근해 줄 사람을 고용하거나 교체 기능이 있는 로봇을 움직여야 한다. 그런데 두 경우 모두 단순 관리 업무만을 맡고 있는 노아의 권한으로 가능한 일이 아니다. 윗선에 보고가 간다. 워낙 비싼 장비여서 그렇게 될 경우에는 노아도 뒷일을 장담할 수가 없다고 했다.

분사기 관리를 담당한다는 녀석이 직접 수리나 교체를 못 하는 건 또 뭐람. 말을 듣다 보니 어째 앞뒤가 잘 맞지 않았다.

"일주일 뒤에 비가 오거든. 그때까지는 어떻게 모른 척할 수 있을 텐데, 너도 알겠지만 비가 오고

나면 대기 중에 에어로이드 농도가 확 낮아져서 분사기를 무조건 다 돌려야 해. 이게 계획에 이미 잡혀 있는 비라서 내 권한으로 바꿀 수도 없고. 그 전에는 일단 일을 처리해야 하니까, 누구든 도움을 줄 사람을 구해야 해. 어려운 일은 아니지만, 주위에 몰래 도와줄 사람 없어?"

"내가 직접 하면 되지."

"너는 그 프로텍터 밖으로 못 나온다며? 그리고 이게 바닥 부품을 연결하는 게 좀 까다로워. 네 프로텍터에 달린 로봇 팔로는 힘들 거야."

"비 오는 날에는 괜찮아. 어려운 거 아니면 직접 할게."

지유가 그렇게 말하며 어깨를 으쓱했다. 스피커 뒤에서 노아가 무언가 깨달았는지 아, 하는 소리가 흘러나왔다.

비 오는 날은 유일하게 지유가 이 플라스틱 원통 밖으로 나갈 수 있는 날이다. 에어로이드는 원래 화학 물질을 포집하는 용도로 만들어진 나노봇이라서 물에 잘 녹았다. 편리하게 제거하기 위해서였다. 비가 내리기 시작하고 삼십 분 정도가 지나면 지유도 프로텍터 밖으로 나와 돌아다닐 수 있을 만큼 공기 중의 에어로이드 농도가 낮아졌다.

아쉽게도 기상 스케줄은 비공개일 때가 많았고, 비는 주로 사람들이 잘 다니지 않는 새벽 시간에 내렸다. 장마철에 지유는 늦게까지 깨어 있다가 창밖에서 빗소리가 들리면 밤 산책을 하고 돌아오기도 했다. 가끔은 공기 중에 남아 있는 에어로이드 때문에 이튿날 목이 퉁퉁 부었지만, 그래도 프로텍터를 벗어나 걷는 홀가분함이 좋았다.

비 오는 날에는 프로텍터 밖으로 나갈 수 있다는 말에 노아는 기뻐했다. 다른 사람을 구해야 하나 싶어 걱정했는데 지유가 직접 해결할 수 있다면 일이 쉬워진다는 이야기였다. 지유는 예정된 날에 정해진 시간과 장소의 스피커로 노아와 만나기로 했다. 그때 노아가 교체 방법을 알려 줄 것이라고 했다.

그러고 나서 노아를 다시 만나는 건 일주일 뒤일 거라고 생각했는데, 이튿날 노아는 똑같은 골목에서 인사를 건네 왔다. 혹시 일정이 변경된 건가? 지유는 고개를 갸웃하며 무슨 일이냐고 물었다. 노아는 "아, 그냥 일하던 중에 네가 지나가는 게 보이길래."라고 말할 뿐이었다. 지유는 픽 웃으며 대꾸했다.

"싱겁기는."

정말 이상하게, 이유 모를 안도감이 들었다.

분사기 교체는 걱정했던 것보다도 훨씬 간단하게 해결되었다. 지유가 한 일은 노아가 지시한 대로 예비 분사기를 가져다 꽂은 게 다였다. 나머지는 노아가 수리용 로봇을 조작해서 처리해 주었다. 비를 맞아서 옷이 젖었지만 그 정도는 별문제도 되지 않았다. 잔뜩 긴장했는데 시시하게 끝났네. 조금 허탈하기까지 했다. 혹시나 하고 다음 일주일간

은 매일 우편함을 살폈는데도 분사기 교체 비용을
내놓으라는 편지가 오지 않는 걸 보면 노아의 말대
로 잘 '넘어간' 모양이었다.

'아마 이제 노아를 만날 일은 없겠지. 우리는 그
냥 나쁜 사고로 엮이게 된 사이니까.'

지유는 생각했다.

그렇게 생각하면 조금 쓸쓸했다. 목소리만 알고 있는 상대에게 며칠 만에 정을 붙이다니.

그런데 그다음 날 등굣길에 노아는 또 말을 걸어왔다. "안녕." 하는 목소리는 무신경하게까지 느껴졌는데도 왠지 아주 반갑게 들렸다. 지유는 어깨를 으쓱하며 물었다.

"내가 또 분사기를 부술까 봐 감시하는 거야?"

"그럴 리가."

스피커 뒤에서 웃음소리가 들려왔다.

지유는 노아가 인사를 건네 오기를 매일 기다리게 되었다. 둘은 주로 지유가 학교 수업을 마치고 집에 돌아가는 길에서 이야기를 나눴다. 노아의 목소리는 때로 어른 같기도 하고 지유 또래 같기도 하고, 변성기가 되지 않은 소년 같기도 했다. 노아는 항상 스피커 뒤에서 목소리로만 등장했으니 그 외의 단서는 없었다. 물어볼까 생각도 해 보았지만 어쩐지 실례로 느껴졌다.

한번은 방송에서 인공 지능 프로그램이 주인공으로 등장하는 드라마를 보고 노아가 사실은 인공 지능이 아닐까 진지하게 고민한 적도 있었다. 그날은 결국 에둘러서 노아의 정체를 캐물었지만, 노아는 화제를 피했다. 뭐, 설령 진짜 인공 지능이라고 해도 상관없을 것 같았다. 점점 이 투명한 플라스틱 너머 살아 있는 사람들보다 노아가 더 편하게 느껴졌다.

어디에 있는지 알 수 없다는 건 노아의 가장 큰 단점이었다. 목소리가 자주 나타나는 하굣길의 스피커를 두드리면 보통 답을 해 주었지만, 나타나지 않을 때도 있었다. 한번은 온종일 말이 없다가 대뜸 프로텍터 내부 스피커를 이용해 말을 걸어와서 지유는 조금 화가 났다. 예의를 지키라고 신경질을 냈더니, 시무룩해진 노아의 목소리가 미안하다고 사과했다. 그날 이후로 노아는 절대 함부로 나타나지 않았다. 지유는 나중에 프로텍터 내부 스피커를 쓰는

것을 노아에게 허락해 주
었다.

　프로텍터 내부 스피커
를 통하니 노아와 대화하
는 일이 더 많아졌다. 노
아는 자신이 카메라를 통
해 보았던 도시의 사건들
에 대해 이야기해 주었다.
도시에는 매일매일 수많
은 일이 일어났다. 지유가 마음껏 돌아다니기 어려
워서 보지 못했던 일들이었다. 노아는 지유가 사는
구역을 담당하고 있었는데, 사실상 에어로이드 분
사기가 있는 곳에는 어디든지 접근할 수 있었다.
알고 보니 에어로이드 분사기에 이런저런 이상이
생기는 일은 꽤 흔했다. 보통은 수리용 로봇으로

수습할 수 있었지만.

때로 노아는 지유에게 비가 오는 시각을 알려 주었다. "그거 기밀 사항이라며?" 하고 웃으며 대꾸하기는 했지만, 그래도 고마운 일이었다. 비는 대개 새벽에 내렸는데, 드물게 낮에 내릴 때도 있었다. 그런 날에 사람들은 밖으로 잘 나오지 않았다. 프로텍터를 벗어나 우산도 쓰지 않은 채로 비를 맞으며 돌아다니는 지유를 사람들은 이상하게 쳐다보았다. 지유는 프로텍터를 탄 자신을 바라보는 사람들의 시선보다, 비를 맞는 자신을 향하는 시선이 더 마음에 들었다. 불쌍하게 보이는 것보다는 특이해 보이는 것이 좋았다.

지유는 이 도시가 싫지 않았다. 하지만

가끔은 에어로이드가 없는 도시를 상상했다. 그건 언제나 모순적인 감정이었다. 도시의 사람들은 언제나 친절하고 다정하고 멀리 있었다. 이 도시 역시 마찬가지였다. 햇볕을 머금은, 물기 어린, 비가 온 다음 날이면 곳곳이 반짝이며 빛나는…… 그러나 지유를 위해 설계되지 않은 도시. 평생을 이곳에 살았지만 지유는 여전히 이곳의 여행자였다.

그러니까 노아는 지유와 비슷한 면이 있었다. 노아는 늘 도시의 사람들과 도시의 일들을 지켜보았지만 그 장면 안에 스며들지는 않았다. 그래서 때로는 노아 역시 이 도시를 스쳐 가는 여행자처럼 느껴졌고, 지유는 그 목소리를 점점 더 좋아하게 되었다.

그러나 지유는 여전히 노아에 대해서 잘 몰랐다. 그러니 노아가 언젠가 갑자기 사라져 버릴 것

이라고, 미리 예상했어야 했는지도 모른다. 그 전 날 지유는 아무 생각 없이 그런 말을 했었다.

"이 동네를 너랑 같이 산책해도 재밌을 텐데. 그렇지?"

노아는 스피커 뒤에서 그냥 웃었던 것 같다. 혹시 실례했나, 하는 생각을 했지만 화제는 곧 지유가 학교에서 만난 재미없는 선생님들 이야기로 넘어갔고, 밤에 곰곰이 그날의 대화를 떠올려 보던 지유는 별일이 아닐 거라고 넘겼다.

그리고 그다음 날 노아는 사라졌다.
처음에는 무슨 일이 생긴 걸까 걱정이 되었다. 나중에는 외롭고 허탈해졌다.

애초에 노아가 잠이란 걸 자긴 할까? 지유는 노아에 대해 아는 것이 전혀 없었다. 조금이라도 아는 바가 있었다면 어떻게든 물어서 노아가 어디에 있는지를 파악할 수 있었을지도 모른다. 하지만 노아는 자신의 이야기만은 하지 않았다. 이상한 관계였다. 친구라고 생각했는데, 지유는 사실 아무것도 몰랐다. 노아가 어디에 사는지도, 어떻게 생겼는지도, 노아가 정말 누구인지도 몰랐다. 지유는 길을 걸으며, 수업을 들으며, 침대에 누워 천장을 보며, 매일 노아를 생각했다.

한 달 뒤에 노아가 다시 나타났다. 문지유, 하고 말을 걸어오는 목소리에 지유는 화들짝 놀랐다. 대체 어디에 갔었냐고, 괜찮냐고 물으려고 했다. 그런데 노아가 대뜸 꺼낸 말이 지유의 말문을 막히게 했다.

"있잖아, 혹시 날 도와줄 수 있어? 정말 쉬운 일이거든."

지유는 노아의 설명을 기다렸다. 하지만 그 설명이 좀 미심쩍었다.

"그냥 정해진 장소에 와서 버튼을 눌러 주기만 하면 돼."

대체 무슨 일인지, 무엇 때문인지를 노아는 설명하지 않았다. 지유가 캐물어도 자세한 건 말해

줄 수 없어서 미안하다는 대답만 돌아왔다. 지유는
슬프고 외로워졌다. 결국 노아는 아직도 자신에 대
해 중요한 이야기는 해 주지 않는 셈이었다.

그렇게까지 부탁할 정도면 정말 절박한 일일 텐
데, 선뜻 도와주겠다는 말이 나오지 않았다. 배신
감마저 들었다. 거절하면 그만이었다. 아마도 지유
와 달리 노아는 둘의 관계를 중요하게 여기지 않았
던 모양이니까.

"너는 누구야? 사람이기는 해?"

"지유야."

"네가 누군지 말해 줘. 그럼 도와줄게. 왜 도와
달라고 할 때조차 나를 믿지 않아? 나를 친구로 생
각하긴 한 거야? 너도 나를 불쌍하게 생각했어?"

노아는 말이 없었다. 노아를 얼마나 알았다고
침묵 뒤의 망설임과 두려움을 애써 상상하는 자신
이 바보 같았다. 오랜 정적 끝에 노아가 말했다.

"좋아. 그럼 끝까지 들어 줘."

그다음에 이어진 이야기가 너무 충격적이어서,
지유는 노아에 대한 서운함이 금세 잦아들었다.

"나는 원래
이 도시에
없어야 하는
사람이야."

*

노아는 의료용 클론이었다. 정확히는, 생산 과정에서 오류가 생긴 클론이었다. 장기 기증을 목적으로 하는 의료용 클론들은 뇌를 발달시키지 않도록 엄격하게 제한된다. 만약 뇌가 발달해서 '생각'을 하게 되는 순간, 클론은 권리를 가진 인간으로 분류되기 때문이다.

처음에 회사들은 이러한 생각할 줄 아는 불량 클론들을 몰래 폐기 처분했는데, 그중 한 회사가 내부 고발을 당해 사람들의 비난을 샀다. 이후 복제된 인간을 위한 권리 법안이 생겨났다. 그러나 클론의 권리가 원래 신체 주인의 권리보다 앞설 수는 없었다. 불량 클론들은 주인의 결정에 따라 해외로 영영 추방되거나, 혹은 신체에 대한 권리를 포기하고 오로지 뇌가 가상 세계에 접속된 형태로만 존재하게 된다. 클론의 신체는 보존액으로 가득 찬 인큐베이터에서 말 그대로 '살아만 있는' 형태로 보관된다. 어느 쪽이든 시민권을 가질 수는 없었다. 사회적 혼란을 막기 위한 일이라고 했다.

노아는 후자의 경우였다. 원래 신체의 주인은 노아를 아무리 해외로 추방한다 한들 자신과 같은 얼굴과 몸을 가진 클론이 밖을 돌아다닐 수 있다는 가능성 자체를 끔찍하게 여겼다. 노아가 자신의 존재를 인식할 시점에 그는 이미 신체를 빼앗긴 상태였다. 가상 세계에서의 생활 비용을 얻기 위해 시작한 일이 에어로이드 농도를 관리하는 업무였고, 노아는 기상 관리소로 옮겨져 지유가 사는 구역을 관리하게 되었다.

"그래서 나는 오직 가상 세계에서만 말하고 들을 수 있어. 이 목소리조차도 진짜 내 목소리는 아닌 거지."

그제야 노아가 지유를 동정하지 않았던 이유를 알 수 있었다. 노아도 지유처럼 원통 안에 살고 있었던 것이다.

노아는 자신의 진짜 몸을 되찾고 도시를 탈출하고 싶어 했다. 이미 몇 번 시도한 적도 있다고 했다. 지난 한 달 동안 노아가 나타나지 않았던 것도 인큐베이터에서 탈출을 시도했다가 근신 처분을 받았기 때문이었다. 노아는 갇혀 있던 건물을 몰래 빠져나오다가 복도에서 붙잡혔다. 징계를 받아 가상 세계에서도 접속이 끊긴 채로 아무것도 하지 못하고 잠을 자야 했다.

지유는 하필 그날 노아가 탈출을 하려고 했던 이유를 물었다.

"네가 날 궁금해하길래, 정말로 밖에 나가 보고 싶었어. 나도 너랑 산책하고 싶었거든."

노아는 농담처럼 말했지만 지유는 가슴이 아팠다.

지유의 부모님도 지유가 어릴 때 의료용 클론을 만들려고 했던 적이 있었다. 그때는 지유도 클론이라는 게 정말로 인형에 가까운 무엇인 줄 알았다. 절대로 마음이나 감정을 가질 리가 없다고 병원 측에서도 거듭 강조했으니까. 하지만 '절대로'라는 건 애초부터 없었다. 지유 자신조차도 일종의 부작용이지 않던가.

한 달 동안 죽음과 같은 잠을 자면서 노아는 지유를 떠올렸다고 했다. 인큐베이터 밖에서 그를 도와줄 수 있는 유일한 존재. 처음에는 도움을 부탁하는 것이 너무 과한 부담을 지우는 일이 아닐까 싶어 금방 마음을 접었다. 그냥 그렇게, 스피커 뒤의 목소리로 남아 가끔 이야기나 하는 것도 나쁘지 않을 것 같다고 생각했다.

"그런데 네가 몇 번이나 물었잖아.

네 정체가 대체 뭐냐고.

그래서……

너처럼 원통 안에 갇힌 진짜 나를

생각하게 됐어."

지유는 이틀을 끙끙 앓았다. 노아의 친구라는 이유만으로 선뜻 받아들이기에는 너무 큰일이었다. 분사기를 부쉈을 때 고민했던 일은 아무것도 아니라는 생각이 들 정도였다. 그렇지만 생각을 거듭할수록 지유는 자신이 노아를 돕는 것 외에 다른 선택을 할 수는 없을 거라는 결론에 다다랐다. 완벽해 보이는 도시에 불완전한 두 사람이 있었다. 한 사람은 떠나고 한 사람은 남겠지만, 노아를 도울 수 있는 사람은 이 도시에서 오직 지유뿐이었다.

프로텍터에서 나와 방에 베타-프로니틴 제거제를 뿌리고 침대에 누웠을 때 지유는 결심했다. 노아를 떠나게 해 주자고.

탈출을 돕기로 한 날은 햇볕이 아주 쨍쨍하고 하늘이 맑았다. 밤이 더 좋지 않을까 생각했지만 노아는 낮이 덜 위험할 거라고 했다. 탈출 전 이틀 동안 지유는 단 하나의 에어로이드 입자도 들이마시지 않도록 조심했다. 지유는 프로텍터에 내장된 정화기를 몇 번이나 돌리고, 에어로이드 분해 효소에 거의 담갔다가 빼다시피 한 옷을 입었다.

노아가 알려 준 장소는 K 구역의 외곽에 있었다. 프로텍터만으로는 가는 데에 시간이 오래 걸려서, 중간에 모노레일을 탔다가 내렸다. 'K 구역 기상 관리소'라는 팻말이 붙은 건물은 투명한 돔 안에 있었다. 건물 안쪽까지 들어가는 일은 쉬웠다. 작은 건물이라 대개의 일은 노아가 처리하고, 유지 보수는 로봇들이 담당하고 있다고 했다. 노아 외에는 두 명의 직원이 있는데 그들은 오늘 다른 센터에 교육을 받으러 가서 자리를 비운 상태였다. 건물의 자동 보안 시스템만으로도 노아를 충분히 감시할 수 있다고 여긴 모양이었다. 아마 이렇게 외부인이 도와줄 거라는 생각은 못 했을 것이다.

덕분에 잠입은 수월했다. 감시용 카메라에 찍힐까 봐 조금 겁이 났지만 노아는 몇 없는 사각지대를 속속들이 알고 있었다.

노아는 프로텍터에 내장된 스피커로 지유에게 길을 안내했다. 오늘 지유가 해야 할 일은 노아의 인큐베이터가 있는 방 앞으로 가서 복도의 보안을 해제하는 일이었다. 바로 그 보안 스캐너 때문에 노아가 몇 번이나 탈출에 실패했던 것이다.

"이제 좀 긴장해야 돼."

복도 전체에 로봇과 인간을 구분하는 스캐너가
달려 있었다. 인간으로 인식되는 경우에는 홍채와
뇌파로 추가 보안 인증을 해야 하는 시스템이었다.
반면 로봇으로 인식되면 복도를 쉽게 지나갈 수 있
었다. 스캐너는 내부의 에어로이드를 스캔해 생체
반응을 확인하는 방식으로 검사를 했다. 로봇들은
호흡을 하지 않으므로 기계 내부의 에어로이드 농
도가 아주 낮아서 사람과는 쉽게 구분할 수 있었
다. 그와 반대로 호흡으로 인한 체내 잔류 에어로
이드가 있으면 인간으로 판단하게 된다. 노아는 지
난 몇 번의 탈출 시도에서 그 복도를 통과하지 못
했다. 인큐베이터 안에만 있었으니 에어
로이드를 들이마시지 않았을 거라
고 생각했는데, 알고 보니 클론
을 보관하는 액체 자체에 의료용

에어로이드가 함유되어 있었던 것이다.

하지만 지유라면 복도의 보안을 통과할 수 있었다. 지유는 인간이면서 인간으로 분류되지 않는 유일한 예외인 셈이었다.

지유는 노아의 지시대로 복도를 지나 스위치가 달린 벽으로 향했다. 거의 마지막 단계였다.

그때 경보가 울렸다. 지유는 깜짝 놀라 그 자리에 멈추어 섰다. 흰 복도를 동그란 로봇들이 굴러다녔다. 푸른색의 빛이 지유와 프로텍터를 여러 번 스캔했다. 드르륵 바닥을 긁는 소리가 몇 번이나 울렸다. 미처 고개를 들어 확인할 용기가 나지 않았다. 스캔이 멈추자 겨우 문 옆에 뜬 메시지를 확인할 수 있었다.

확인 완료. 에어로이드 반응 없음.

차단문은 내려오지 않았다. 성공이었다. 이제 최종 단계만 남아 있었다.

"됐어. 옆에 있는 버튼을 누르면 내가 나갈 수 있어."

노아가 속삭이듯 말했다. 원래는 로봇들을 대량 수송할 때의 편의를 위해 만든 임시 보안 해제 버튼이라고 했다. 고작 몇 분간 보안을 해제할 뿐이지만 노아가 인큐베이터를 빠져나와 지하 통로로 향하기에는 충분했다. 노아가 떠나면 기상 현상을 통제하던 관리자가 사라지니 얼마 지나지 않아 다들 문제를 알아차릴 것이다. 하지만 다른 직원들이 자리를 비운 덕분에 하루의 시간을 벌 수 있는 지금밖에는 기회가 없었다.

그런데 버튼을 누르려는 순간, 한 가지 생각이 지유를 붙잡았다. 아마 지금 이 순간이 지나면 노아를 다시 만날 수 없으리라는 생각. 노아가 지날 통로는 이곳과 격벽으로 차단되어 있어서 직접 노아를 볼 수는 없다. 작별 인사조차 제대로 할 수 없다니. 지유는 머뭇거리다 물었다.

"바로 도시를 떠날 거지?"
"응. 도시 밖에서 살 곳을 찾을 거야."
"그럼……. 그래."

안녕이라고 말해야 할까. 언젠가 다시 만나자는 약속을 해 봤자 거짓말만 되겠지. 그런 생각에 갑자기 말문이 막힌 지유가 입을 다물었다. 노아가 스피커 뒤에서 웃었다.

지유의 생각을 읽기라도 한 건지, 담담하게 언
젠가의 재회를 약속하는 노아의 말에 지유는 고개
를 끄덕였다. 그 약속을 그냥 믿고 싶어졌다.

　노아가 말했다.

"넌 어디로든 갈 수 있을 거야."

도시 밖에는 더 넓은 세계가 있다. 그곳 어딘가에서 노아를 마주치게 될지도 모른다. 노아의 얼굴도 본 적 없고 진짜 목소리도 들은 적 없는데도, 이상하게 그를 만나면 분명 알아볼 수 있을 거라는 생각이 들었다.

지유는 버튼에 손을 올렸다. 보안을 해제하고 나면 열까지 천천히 세고 바로 돌아서서 밖으로 나가라고 했다. 이후에는 노아가 미리 프로그램을 준비해 두었으니 보안 카메라의 녹화 내역은 모두 삭제되고, 건물 내의 스프링클러가 작동해 혹시나 남을 흔적도 모두 지울 거라고 했다. 그게 정말로 완벽하게 지유를 보호해 줄지는 알 수 없는 일이었지만 어차피 그 정도의 위험은 감수하고 온 일이었다.

"아 참, 나도 선물을 준비했는데 마음에 들려나? 약간 손을 써 뒀거든."

목소리가 끊기기 전에 노아가 혼잣말처럼 중얼거렸다. 그 말에 지유는 의아해서 주위를 보았지만 아무것도 없었다. 무슨 뜻이지?

다음 순간 노아의 목소리는 뚝 끊겼다.

지유는 열까지 천천히 셌다. 경보음은 울리지 않았다.

프로텍터를 돌려 왔던 길을 되돌아갔다. 바퀴가 매끄러운 복도 위에서 굴렀고 지유의 생각도 이리저리 굴렀다. 노아는 제대로 빠져나갔을까. 소동이 전혀 없다는 것이 오히려 긍정적인 신호처럼 느껴졌다. 분사기를 몰래 교체하고 기밀 사항이라는 기상 스케줄을 알려 주면서도 누구에게 들키지 않은 것처럼, 노아는 이번에도 그렇게 능청스레 탈출에 성공했을지도. 건물 밖으로 나서는 길에 유리창 밖으로 어떤 그림자가 빠르게 움직이는 것을 본 것 같기도 했다.

도시 밖에서 자유롭게 살아갈 노아를 생각하면 지유는 기뻤다. 하지만 동시에 쓸쓸했다. 지유만이 여전히 이곳에 남아 있었다. 노아를 따라 떠나기에는 지유를 이 도시에 붙잡아 두는 것이 너무 많았다. 부모님을 무작정 떠날 수도 없었고, 학교도 졸업해야 했다.

그래도 달라진 것은 있다. 지유는 이제 도시 밖의 세계를 상상할 수 있었다. 언젠가 지유는 자신이 있을 곳을 스스로 선택하게 되리라고 생각했다.

홀가분하고 또 허전한 기분으로 밖으로 나왔을 때, 지유는 무언가 이상한 것을 느꼈다.

프로텍터의 겉면에 물방울들이 맺혀 흐르고 있었다. 그런데 하늘은 여전히 맑았고 햇볕은 쨍쨍하게 비쳤다. 지나가는 사람들은 비를 전혀 예상하지 못했는지 고개를 갸웃하며 건물 아래로 몸을 피하거나, 인상을 찌푸리며 먼 곳의 하늘을 올려다보았다. 투덜대는 이야기를 들어 보니 조금 전부터 갑작스레 내리기 시작한 모양이었다.

화면에 뜬 에어로이드 농도가 빠르게 낮아지고 있었다. 위험 수준에서 주의, 이내 안전 수준까지. 지유도 의아한 표정으로 모니터를 보다가 뒤늦게 무언가 생각이 났다.

아, 이게 혹시 노아가 말한 '선물'일까?

대기권에서 돌풍이 몰아칠 때는 환한 날에 비가

내리기도 한다. 먼 곳에 있는 구름이 이동해 와 비를 흩뿌리는 것이다. 기상 현상을 인공적으로 완전히 통제하기 시작한 이후로는 좀처럼 드문 일이었지만, 책에서 그런 이야기를 본 적이 있었다. 태양은 쨍하게 맑은데 비가 내리는, 오래된 말로는 여우비라고 했다. 떠나기 전에 마지막으로 손을 써 두었다는 게 이거였나 보다.

노아다운 작별 인사였다. 웃음이 나왔다.

지유는 프로텍터의 문을 열고 밖으로 나왔다. 외출용 신발을 따로 준비하지 않아 발이 젖었지만 아무래도 상관없었다. 프로텍터를 밀어 근처 건물 입구 밑에 세워 두고 걷기 시작했다.

물기 어린 햇살이 지유의 뺨을 타고 똑, 똑, 떨어졌다. 언젠가 노아에게 한 번쯤 프로텍터를 벗어나 일광욕을 해 보고 싶다고 농담처럼 말했던 게 떠올

랐다. 햇볕을
자유롭게 쬐
는 일은 평생
없을 거라고
내심 생각하면서.
노아는 그걸 기억해 준
걸까.

　우산도 쓰지 않고 다 젖은 신발
로 걷고 있는 지유에게 사람들이 우산을
내밀었다.

　"괜찮아요."

　지유는 씩 웃으며 고개를 저었다.
　점점 더 많이 쏟아지기 시작한 빗물들이 지유의

머리를 적시며 옷깃을 타고 바닥으로 흘렀다. 에어로이드가 녹은 빗물이 도랑을 따라 흐르며 반짝였다. 햇살들이 그 위에서 부서졌다. 지금 이 순간 도시는 지유만을 위해 준비되어 있었다. 신발을 벗어든 지유는 노래를 흥얼거리며 거리 위를 걸었다.

정말이지, 멋진 기분이었다.

작
가
의
말

김초엽

반짝반짝 빛나는 미래 세계도 좋지만,
그보다 아무도 외롭지 않은 미래를
만날 수 있다면 좋겠다.

사진 ⓒ이호형

소설의
첫 만남 **15**

원통 안의 소녀

초판 1쇄 발행 | 2019년 6월 21일
초판 13쇄 발행 | 2023년 1월 9일

지은이 | 김초엽
그린이 | 근하
펴낸이 | 강일우
책임편집 | 김영선
펴낸곳 | (주)창비
등록 | 1986년 8월 5일 제85호
주소 | 10881 경기도 파주시 회동길 184
전화 | 031-955-3333
팩시밀리 | 영업 031-955-3399 편집 031-955-3400
홈페이지 | www.changbi.com
전자우편 | ya@changbi.com

ⓒ 김초엽 2019
ISBN 978-89-364-5902-4 44810
ISBN 978-89-364-5899-7 (세트)

소설의
첫 만남

13-24
활용북

창비

소설의
첫 만남
활용북

청기와주유소 씨름 기담

정세랑 소설 | 최영훈 그림 | 값 8,800원 | ISBN 978-89-364-5900-0

한밤중에 도깨비와 씨름을?
잃을 것 없는 알바 인생, 이상한 제안을 받아들였다!

열 살이 되기 전부터 뚱뚱했던 소년. 씨름 선수를 그만두고
주유소에서 아르바이트를 하고 있다. 그런데 어느 날 점장님
이 기묘한 제안을 해 왔다. 도깨비와 씨름을 해서, 이기라고.
모두의 호기심을 자극하는 유쾌하고 기묘한 소설.

이상한 용손 이야기

곽재식 소설 | 조원희 그림 | 값 8,800원 | ISBN 978-89-364-5901-7

소년의 마음이 일렁이면 비가 내린다
SF 작가 곽재식이 들려주는 사랑스러운 성장 소설

자신이 용의 자손이라는 것을 알게 된 소년. 소풍 가는 날마
다 꼬박꼬박 비가 온 것도 사실은 용이 가진 능력 때문이 아
닐까? 소년은 자신의 힘을 다스리려 애쓰지만 다짐처럼 쉽
지만은 않은데…….

원통 안의 소녀

김초엽 소설 | 근하 그림 | 값 8,800원 | ISBN 978-89-364-5902-4

우리가 함께 산책을 할 수 있을까요?
자유를 꿈꾸는 두 사람, 지유와 노아의 이야기

첨단 나노 기술로 미세 먼지를 정화하는 미래 도시. 하지만
나노 입자에 알레르기를 보이는 지유는 투명한 플라스틱 원
통에 갇혀 지내야 한다. 차이와 차별, 그리고 자유를 갈망하
는 마음에 관한 아름다운 이야기.

청기와주유소 씨름 기담

정세랑

1. 도깨비와 씨름을 해서 이겨 달라는 점장님의 부탁처럼 어느 날 터무니없어 보이는 제안을 받는다면 어떨까? 과연 그 제안을 받아들일지 이야기해 보고, 종목을 스스로 정할 수 있다면 무엇으로 겨루고 싶은지 생각해 보자.

2. 다음은 작품 안에서 청기와주유소를 설명한 부분이다. 우리 동네에도 이처럼 지역을 대표할 수 있는 랜드마크가 있는지 생각해 보고, 그곳의 역사 및 특징을 조사해 보자.

• 유명 정유 회사의 1호점이었고, 43년 동안 홍대의 랜드마크였다.

• 어떻게 랜드마크를 허문단 말인가? 주변의 모든 것들이 '청기와'라고 불리는데? 청기와주유소가 사라지면 택시를 타서 이 부근을 어떻게 설명한단 말인가?

3. 만약 주인공이 씨름에서 도깨비에게 패배했다면 주인공의 인생은 어떻게 달라졌을까? 혹은 달라지지 않았을까? 자유롭게 상상해 보자.

이상한 용손 이야기

곽재식

1. 작품의 내용을 참고하여 처음 사랑에 빠지면 어떤 기분일지 표현해 보자.

> 그녀를 처음 봤을 때, 전기가 통했다. 조금의 과장도 아닌 것이, 진짜 번개가 치면서 하늘과 땅 사이에 8천 5백만 볼트의 전기가 통했다.

2. 작품 속에 등장하는 과학 연구 수업처럼 기상천외한 실험을 할 수 있다면 어떤 실험을 하고 싶은지 자유롭게 이야기해 보자.

....

....

....

....

....

....

....

3. 용을 제외하고 상상 속의 생물을 조사해 보자. 그 생물의 자손이라면 어떤 능력을 물려받게 될지, 그 능력을 다른 사람을 위해 어떻게 쓸 수 있을지 상상해 보자.

예) 인어, 도깨비

원통 안의 소녀

김초엽

1. 지유가 살고 있는 미래 도시의 특징을 정리해 보고, 이에 대한 한 줄 평가를 내려 보자.

	도시의 특징	한 줄 평가
과학 기술의 발전		
복제 인간의 인권		

2. 다음은 지유가 타고 다니는 원통의 모습을 화가가 상상해서 표현한 그림이다. 지유가 어떤 모습의 원통을 타고 있을지 새롭게 상상해 그려 보자.

3. 작품 속에서 지유와 노아는 점점 마음을 열며 친해진다. 두 사람이 서로를 가깝게 느낄 수 있었던 공통점이 무엇인지 생각해 보자.

....

....

....

....

눈꺼풀

윤성희 소설 | 남수 그림 | 값 8,800원 | ISBN 978-89-364-5926-0

멈춘 시간을 깨우는 다정한 귓속말
머리맡에서 나를 붙잡아 주는 소중한 목소리들

'나'는 친구에게 바람을 맞고 혼자서 길을 헤매다가 불의의 사고를 당한다. 정신을 차려 보니 병실 침대에 누워 있다는 걸 깨닫는다. 병간호를 오는 아빠, 엄마, 누나에게서 여러 이야기를 들으며 소중했던 기억들을 떠올리는데…….

개를 보내다

표명희 소설 | 진소 그림 | 값 8,800원 | ISBN 978-89-364-5927-7

너의 시간이 멈췄으면 좋겠어
동생이자 친구였던, 나의 작은 개 이야기

갑작스럽게 진서네 집에 오게 된 유기견 진주. 가족들의 무관심 속에 아파트 베란다에서 쓸쓸히 지내던 진주에게 진서는 점점 마음이 쓰인다. 하지만 어느덧 열세 살이 된 개 진주는 건강하던 모습을 잃고 야위어 가는데…….

멍세핀

박유진 소설 | 안유진 그림 | 값 8,800원 | ISBN 978-89-364-5928-4

나의 아홉 번째 엄마, 멍을 지켜야 한다
"나는 조세핀을 멍세핀이라고 불렀다. 줄여서 멍."

외로운 아이 태영은 아홉 번째 보모로 온 조세핀에게 겨우 마음을 연다. 언제나 태영의 편을 들어 주는 건 엄마가 아닌 멍세핀. 그러던 어느 날 멍세핀이 쫓겨날 위기에 처한다. 태영은 멍세핀을 지킬 수 있을까?

눈꺼풀

윤성희

1. 주인공이 어떤 장소에서 어떤 인물과 만났는지를 생각하며 주인공에게 일어난 일과 주인공이 한 생각을 정리해 보자.

	주인공이 만난 인물	일어난 일
정자	할아버지	
버스 정류장	꼬마 아이	버스 충돌 사고가 일어남
응급실	아빠	
	엄마	
	할머니	
	누나	

2. 주인공은 버스에서 의자 비닐을 찢는 아이를 보고 한마디 하려 하지만, 우는 아이의 모습을 보고 아무 말도 하지 못한다. 이 일 이후 학교에 갈 때 주인공은 버스의 비닐이 찢어진 의자에만 계속 앉는다. 주인공이 어떤 심경으로 그 자리에 앉았을지 생각해 보자.

3. 몸이 아픈 누군가를 간호해 주어야 할 때, 무엇을 할 수 있을지 자유롭게 얘기해 보자.

- 친구에게 들은 재밌는 이야기를 해 준다.
- 화장실에 가다가 넘어지지 않도록 잘 부축해 준다.
- 싱싱한 과일을 깎아 준다.
-
-
-

개를 보내다

표명희

1. 유기견 진주를 받아들이는 진서네 가족이 어떤 태도 변화를 거쳤는지 정리해 보자.

진서	
아빠	
엄마	

2. 진서가 진주에게 마음을 열게 된 계기는 무엇이고, 둘에게 어떤 공통점이 있었는지 생각해 보자.

계기

공통점

3. 반려동물을 키웠던 경험이 있다면 동물을 보살피면서 느꼈던 점을 이야기해 보자. 반려동물을 키운 경험이 없다면, 만약 내가 동물을 데려온다면 어떤 준비가 필요할지 생각해 보자.

멍세핀

박유진

1. 각각의 등장인물이 멍세핀에 대해 어떤 생각을 가지고 있을지 유추하여 정리해 보자.

과거 ⋮ 현재

태영

태영 엄마

멍세핀

동네 사람들

상담 선생님

2. 멍세핀은 색연필, 공책, 초콜릿, CD 등이 담긴 박스를 필리핀에 보낸다. 소중한 사람에게 택배를 보낼 수 있다면, 거기에 무엇을 담을지 구체적으로 적어 보자.

3. 작품에서는 멍세핀의 말이 진실이었는지 거짓이었는지 끝까지 밝혀지지 않는다. 필리핀으로 추방된 멍세핀이 태영에게 편지를 보낸다고 했을 때, 편지의 내용을 짐작해 보자. 단 멍세핀의 말이 진실이었을 경우와 거짓이었을 경우를 나누어 써 보자.

진실	거짓

새로운 길을 찾는 힘
창의력 세트

소설의 첫 만남
19-21
ISBN 978-89-364-5925-3(3권)

칡

최영희 소설 | 김윤지 그림 | 값 8,800원 | ISBN 978-89-364-5929-1

고립된 마을, 괴물 칡을 피해 탈출해야 한다!
덩굴 속에 감춰진 진실을 파헤치는 모험

갑작스러운 주민 대피령으로 텅 빈 마을. 시훈이는 동생의 애착 담요를 가져오기 위해 다시 마을로 향한다. 입구를 지키는 군인을 피해 마을에 들어간 시훈이는 온 마을을 뒤덮은 괴물 칡을 마주하는데…….

범수 가라사대

신여랑 소설 | 하루치 그림 | 값 8,800원 | ISBN 978-89-364-5930-7

사색과 허세 사이, 아슬아슬 범수의 외출
군중 속의 고독이란 이런 것인가! 뼛속까지 고독하군

이제 막 중2가 된 범수는 사색에 찬 산책을 하며 밀려오는 고독을 느낀다. 은근한 뿌듯함과 함께. 한편 변해 버린 범수를 바라보는 엄마의 눈에는 범수의 행동이 그저 허세로만 보이는데……. 어머니, 진정하십시오. 저는 중2병이 아닙니다!

아이 캔

임어진 소설 | 임지수 그림 | 값 8,800원 | ISBN 978-89-364-5931-4

고마웠어, 캔. 나를 지켜 줘서
소년 룬과 구형 로봇 캔의 가슴 뭉클한 우정

로봇과 함께 살아가는 미래 사회, 하지만 인간과 닮은 로봇을 보는 시선이 곱지만은 않다. 불의의 사고로 엄마를 잃은 소년 룬은 캔에게 의지해 몸과 마음을 회복해 나간다. 그러던 어느 날 룬은 피할 수 없는 결정을 내려야 하는데…….

쥐

최영희

1. 주변의 일상적인 물건 혹은 생명체가 우리를 위협하는 존재로
변한다면 어떤 형태와 능력을 가졌을지 상상해 그려 보자.

2. 시아의 애착 담요 놈놈이처럼 자신에게 힘이 되어 주는 무언
가가 있는지 생각해 보고 이야기를 나눠 보자.

....

....

....

....

....

....

....

....

3. 시훈이가 상상한 묘비명처럼 자신이 어떻게 기억되길 바라
는지 생각하며 묘비명을 써 보자.

16세 한시훈.
동생 담요도 가져다주지 못하고 칡밭에서 죽다.

.... 묘비명 ....

....

범수 가라사대

신여랑

1. 이 작품에서 범수는 '사색'과 '산책'에 몰두한다. 범수처럼 주위의 시선을 신경 쓰지 않고 어떤 것에 몰두했던 경험이 있다면 이야기해 보자. 그리고 그 행동을 주위 사람들이 어떻게 받아들였는지 기억나는 대로 써 보자.

경험	주위의 반응

2. 범수는 늘 신고 다니던 운동화가 전족같이 느껴진다고 호소한다. 학교나 일상 속 규칙이 답답하게 다가온 경험이 있는지, 어떻게 개선되면 좋을지 적어 보자.

> "그러니까 어머니, 운동화가요, 전족 같다는 겁니다."
> "지금껏 잘만 신고 다니던 운동화가 왜 이제 와서 전족 같은데!"
> "아, 그야 알을 깨고 나왔다고 할까요. 저도 이제 그럴 나이가 됐잖습니까?"

3. 범수는 '빨간색 형광 쓰레빠'를 신고도 교문에서 선도부에게 걸리지 않는다. 만약 범수가 '빨간색 형광 쓰레빠' 때문에 학교에서 반성문을 쓰게 된다면, 범수의 입장에서 어떻게 적을지 생각해 보자.

아이 캔

임어진

1. 소설 속 로봇 캔의 모습을 참고하여 내가 생각하는 캔의 모습을 그려 보자.

캔은 조금 단순하고 친근한 쪽이었다. 인간의 신체와 이목구비를 똑같이 흉내 냈다기보다는 초기 로봇들의 특징대로 어딘가 애니메이션 캐릭터를 더 닮아 있었다. 피부와 눈동자의 움직임까지 진짜 사람에 가까워진 최신 안드로이드와는 비교가 안 됐다.

2. 캔은 인간의 감정을 읽고 반응하며 <u>스스로 생각하고</u> 대화를 나눌 수 있는 로봇이다. 나에게도 캔과 같은 로봇 친구가 있다면 함께 무엇을 하고 싶은지 자유롭게 이야기해 보자.

> (캔은) 나에 대해서라면 모르는 게 없었다. 내 성장 기록과 영상은 모두 캔에게 저장되어 있었다. 엄마는 뭔가 잘 기억나지 않으면 바로 캔을 불렀다. 캔은 엄마가 좋아하는 시인들의 시와 가수들의 곡은 모조리 저장하고 있었다. 엄마와 나는 캔이 모르는 신곡을 누가 더 많이 찾아내나 내기를 하기도 했다.
> 엄마가 바쁠 때면 나는 종일 캔과 지냈다. 같이 게임을 하고 자전거를 타고 간식을 만들어 먹고…….

3. 사람의 인권처럼 로봇의 권리를 인정하는 '로봇 보호법'을 제정한다고 했을 때, 아래와 같이 대한민국헌법 제2장의 조항들을 참고해 어떤 법안을 마련할 수 있을지 토의해 보자.

대한민국헌법 [시행 1988. 2. 25] [헌법 제10호, 1987. 10. 29., 전부개정]

제2장 국민의 권리와 의무
제10조
모든 국민은 인간으로서의 존엄과 가치를 가지며, 행복을 추구할 권리를 가진다. 국가는 개인이 가지는 불가침의 기본적 인권을 확인하고 이를 보장할 의무를 진다.

제11조
①모든 국민은 법 앞에 평등하다. 누구든지 성별·종교 또는 사회적 신분에 의하여 정치적·경제적·사회적·문화적 생활의 모든 영역에 있어서 차별을 받지 아니한다.
②사회적 특수계급의 제도는 인정되지 아니하며, 어떠한 형태로도 이를 창설할 수 없다.
③훈장등의 영전은 이를 받은 자에게만 효력이 있고, 어떠한 특권도 이에 따르지 아니한다.

제12조
①모든 국민은 신체의 자유를 가진다. 누구든지 법률에 의하지 아니하고는 체포·구속·압수·수색 또는 심문을 받지 아니하며, 법률과 적법한 절차에 의하지 아니하고는 처벌·보안처분 또는 강제노역을 받지 아니한다.
②모든 국민은 고문을 받지 아니하며, 형사상 자기에게 불리한 진술을 강요당하지 아니한다.
③체포·구속·압수 또는 수색을 할 때에는 적법한 절차에 따라 검사의 신청에 의하여 법관이 발부한 영장을 제시하여야 한다. 다만, 현행범인인 경우와 장기 3년 이상의 형에 해당하는 죄를 범하고 도피 또는 증거인멸의 염려가 있을 때에는 사후에 영장을 청구할 수 있다.

로봇 보호법

제1조
①모든 로봇은 로봇으로서의 존엄과 가치를 가진다. 인간은 로봇이 가지는 불가침의 기본적 로봇권을 확인하고 이를 보장할 의무를 진다.
②모든 로봇은 인간과 같이 법률에 의하지 아니하고는 체포·구속·압수·수색 또는 심문을 받지 아니하며, 법률과 적법한 절차에 의하지 아니하고는 처벌·보안처분 또는 강제노역을 받지 아니한다.

제2조
①모든 로봇은 법 앞에 평등하다. 소유권을 가진 인간의 성별·종교·사회적 신분뿐만 아니라 로봇의 연식·제조처·기능과 종류 등에 의하여 정치적·경제적·사회적·문화적 생활의 모든 영역에 있어서 차별을 받지 아니한다.
②
③

제3조

제4조

더 넓은 세상을 바라보는
포용력 세트

소설의 첫 만남
22-24
ISBN 978-89-364-5966-6(3권)

엄마의 이름

권여선 소설 | 박재인 그림 | 값 8,800원 | ISBN 978-89-364-5948-2

있는 그대로 서로를 사랑하기로 결심한 엄마와 딸 이야기
작가 권여선의 첫 청소년소설

반희는 딸 채운을 아끼기에 딸이 자신을 닮지 않고, 다르게 살기를 바란다. 딸과도 거리를 두는 엄마 반희에게 내심 서운했던 채운은 어느 날 함께 여행을 가자고 제안한다. 단둘이 떠나는 첫 여행 동안 두 사람은 서로를 '엄마'와 '딸'이 아닌 각자의 이름으로 부르기로 약속하는데…….

유리와 철의 계절

아말 엘모타르 소설 | 이수현 옮김 | 김유 그림 | 값 8,800원
ISBN 978-89-364-5949-9

넌 아무것도 잘못하지 않았어
서로를 구원하기 위해 다시 쓰는 사랑 이야기

태비사는 무쇠 구두를 신고 걸어야 하는 저주에 걸렸다. 아미라는 유리 언덕 꼭대기에 앉아 꼼짝하지 못한다. 어느 날 유리 언덕을 발견한 태비사는 비탈을 올라 아미라를 만난다. 마법에 걸린 태비사와 아미라, 두 사람은 행복해질 수 있을까?

우리 미나리 좀 챙겨 주세요

듀나 소설 | 이현석 그림 | 값 8,800원 | ISBN 978-89-364-5950-5

기계와 인간의 경계에서
작가 듀나가 던지는 편견 없는 질문

해남고생물공원에는 타조 DNA를 기반으로 만든 생물학적 공룡 '미나리'가 산다. 25년 동안 아기로 살아온 메카 공룡 '소담이'는 그런 미나리에게 친구가 되어 준다. 미나리를 돌보는 메카 인간 '현승아'는 어느 날 소담이와 미나리가 사라진 것을 발견하는데…….

엄마의 이름

권여선

1. 나에게 소중한 사람의 이름에 어떤 의미가 담겨 있는지 알아 보자. 내 이름은 누가, 어떤 뜻을 담아 지었는지도 함께 정리 해 보자.

▶ 소중한 사람의 이름:

▶ 이름의 뜻:

▶ 내 이름을 지어 준 사람:

▶ 이름의 뜻:

2. 가족이나 친구와 여행을 떠날 수 있다면 누구와, 어디로 떠나 고 싶은지 여행 계획을 세워 보자.

예시 ▶ 함께 떠나고 싶은 사람: 할머니
▶ 가고 싶은 곳: 할머니 고향에 찾아가 할머니가 어린 시절
즐겨 먹던 맛집에 찾아가 보고 싶다.

▶ 함께 떠나고 싶은 사람: ....

▶ 가고 싶은 곳: ....

3. 시대가 흐름에 따라 단어에 담긴 차별적인 의미나 부정적인 인식을 깨닫고, 새로운 표현으로 바꾸는 사례를 조사해 보자. 일상적으로 사용하는 표현 중 문제의식을 느낀 단어가 있다면 수정 방향을 친구들과 이야기해 보자.

예시 ▶ 살색 → 살구색　　▶ 유모차 → 유아차

이전 표현	새로운 표현

4. 본문에서 엄마가 "쩔었어.", "빡세네."와 같은 신조어를 사용하는 모습을 통해 작가가 드러내고자 한 바가 무엇일지 생각해 보자.

엄마, 이번 여행 어땠어?

쩔었어.

채운이 기가 막힌 얼굴로 반희를 보았다.

좋았다는 뜻이지?

응.

뭐가 그렇게 쩔었어?

음, 내 딸을 좀 더 잘 알게 되고 이해하게 되었다고나 할까?

유리와 철의 계절

아말 엘모타르

1. 태비사와 아미라에게 걸린 마법은 무엇인지, 누가, 그리고 왜 그런 마법을 걸었는지 정리해 보고, 그 이유가 타당했는지 이야기해 보자.

	태비사	아미라
마법		
마법을 건 사람		
이유		

2. 아래 장면에서 아미라가 태비사에게 기러기 이야기를 꺼낸 이유는 무엇일지 생각해 보자.

"당신은 왜 무쇠 구두를 신고 걷나요?"

태비사가 입을 떼지만 말을 잇지 못하고, 아미라는 그 말들이 태비사의 입 안에서 찌르레기 떼처럼 넘실대는 모습이 보인다. 아미라는 화제를 바꾸기로 한다.

"기러기가 머리 위로 날아갈 때 나는 소리 들어 봤어요? 흔히 아는 끼룩끼룩 소리 말고, 날갯소리요. 기러기 날갯소리 들어 봤어요?"

....

....

....

....

....

....

3. 아래는 아말 엘모타르의 '작가의 말'이다. 밑줄 친 문장의 의미에 대해 생각해 보면서 옛날이야기 하나를 골라 다시 쓰기를 해 보자.

이 이야기는 조카를 위해 썼습니다. 그 아이가 일곱 살 때 나보고 옛날이야기를 하나 해 달라고 했는데, 머릿속에 떠오르는 이야기는 하나같이 여자들이 서로에게 잔인하고 끔찍하게 구는 내용이 있더군요. 그런 이야기 말고, 여자들이 서로를 사랑하고 서로를 구하는 이야기를 해 주고 싶었기에 제가 하나 지어냈어요. 여러분도 그랬으면 합니다. 우리 모두는 우리가 만든 이야기 속에 사니까요. 여러분이 서로의 이야기를 알아보고, 각자가 이 세상에서 보고픈 이야기를 할 수 있도록 서로 도울 줄 알게 됐으면 좋겠습니다.

우리 미나리 좀 챙겨 주세요

듀나

1. 이 작품에는 메카와 생물이 공존하는 사회가 등장한다. 각 캐릭터들이 어떤 존재인지 O, X로 표시하고, X라면 문장을 맞게 고쳐 아래에 써 보자.

차마린은 생물학적 인간이다 [   ]

메카 현승아의 모델은 인간 현승아다 [   ]

아니스 혜는 인간 DNA를 구현해 다시 만든 생물이다 [   ]

파랑이는 인간형 메카다 [   ]

노랑이는 공룡형 메카다 [   ]

파티마 혜는 아니스 혜의 생물학적 가족이다 [   ]

최한림은 생물학적 인간이나,
사고로 몸 일부를 메카로 바꾸었다 [   ]

미나리는 메카 공룡이다 [   ]

....

....

2. 아래 대사에서, 밑줄 친 '프로그램'은 작품에 등장하는 남자아이들에게 적용된 것이다. 아니스 혜를 공격하게 만든 이 프로그램이 구체적으로 어떤 존재를 미워하게 만드는지 유추하여 적어 보자.

> "프로그램은 멀쩡합니다. 원래 저런 놈들로 만들어 전시 중이었으니까요. 하지만 이번에 박물관 보안 프로그램을 손보는 동안 뭔가 잘못된 것 같습니다. 어쩌다 보니 저것들이 바깥으로 나왔고 그 뒤에도 <u>프로그램</u>에 따라 행동한 거예요."

....

....

....

3. 해남에는 메카 익룡이 경찰 드론 대신 날아다니고, 메카 부경고사우르스가 해안 안전 요원으로 근무한다. 해남과 해남고생물공원에 있을 만한 다른 존재들을 상상하여 그리고 그림에 설명을 덧붙여 보자.

더 깊은 독서를 위한

독서력 세트

소설의 첫 만남
01-03

ISBN 978-89-364-5972-7(3권)

라면은 멋있다

공선옥 소설 | 김정윤 그림 | 값 7,500원 | ISBN 978-89-364-5855-3

"가난하면 사랑도 못 하나요?"
작가 공선옥이 들려주는 풋풋한 사랑 이야기

어려운 가정 형편을 속이고 연주를 사귀는 민수. 민수는 연주에게 멋진 생일 선물을 사 주기 위해 편의점 아르바이트를 시작하는데……. 라면만 먹어도 진심이 있다면 사랑은 멋지다!

내가 그린 히말라야시다 그림

성석제 소설 | 교은 그림 | 값 7,500원 | ISBN 978-89-364-5856-0

소년을 스쳐 간 운명의 장난
작가 성석제가 들려주는 선택에 관한 이야기

어린 시절 미술보다 축구를 좋아했던 백선규는 자라서 유명한 화가가 되었다. 하지만 그에게는 아무한테도 말하지 못한 비밀이 하나 있는데……. 선택과 인생의 부조리함을 진지한 필치로 그려낸 성장소설. ★중2 교과서 수록작

꿈을 지키는 카메라

김중미 소설 | 이지희 그림 | 값 7,500원 | ISBN 978-89-364-5857-7

힘보다 희망으로,
평화로 이기는 법

아람이는 재개발을 앞둔 시장의 모습을 카메라에 담는다. 어려움에 처한 이웃에게서 눈을 떼지 않으리라 다짐하며 아람이의 카메라는 오늘도 찰칵, 희망의 소리를 낸다.

옥수수 뺑소니

박상기 소설 | 정원 그림 | 값 7,500원 | ISBN 978-89-364-5858-4

두 번의 교통사고!
진짜 뺑소니범은 누구일까?

현성이는 두 번의 교통사고를 당한 뒤 상황에 떠밀려서 거짓말을 하게 된다. 한번 시작한 거짓말은 풀 수 없는 매듭처럼 점점 엉켜 가는데……. 진실을 밝히는 용기에 관한 이야기.

림 로드

배미주 소설 | 김세희 그림 | 값 7,500원 | ISBN 978-89-364-5859-1

아이돌이 된 내 친구
우린 이제 영영 멀어지는 거니?

아기 때부터 친구였던 지오가 가수로 데뷔한 뒤 현영은 외로움에 휩싸인다. 현영은 방학을 맞아 미국에 있는 이모할머니 댁에 가지만, 좀처럼 지오 생각이 잊히지 않는다. 열여섯 살 마음을 물들인 첫사랑 이야기.

푸른파 피망

배명훈 소설 | 국민지 그림 | 값 7,500원 | ISBN 978-89-364-5860-7

다양한 이들이 모여 사는 푸른파 행성
청소년의 힘으로 일구어 낸 색다른 평화 이야기

저마다 다른 행성에서 이주해 온 사람들이 조화롭게 살던 푸른파 행성에 갑작스레 전쟁의 기운이 감돈다. 식자재 배급에도 차질이 생겨 한쪽에는 고기만, 다른 쪽에는 야채만 배달되는데……. 푸른파 행성은 다시 평화를 찾을 수 있을까?

누군가의 마음

김민령 소설 | 파이 그림 | 값 7,500원 | ISBN 978-89-364-5861-4

알 듯 말 듯 엇갈려 온 우리 사이
언젠가는 닿을 수 있을까?

눈에 띄지 않던 아이 강메리가 같은 반 남자아이들에게 차례로 고백하면서 교실 안이 술렁인다. 이제 고백을 듣지 못한 아이는 단 두 명뿐. 강메리, 너의 마음은 어떤 거니?

이사

정소연 소설 | 백햄 그림 | 값 7,500원 | ISBN 978-89-364-5862-1

나의 우주는 이제, 달라질 거야
SF 작가 정소연이 펼쳐 보이는 새로운 세계

지후는 가족과 함께 다른 행성으로 이주해야 한다. 아픈 여동생 지혜를 치료하려면 어쩔 수 없다지만, 지후는 부모님의 결정이 야속하기만 하다. 지후에게는 고향 마키엔데를 떠나면 안 되는 특별한 꿈이 있기 때문이다.

미식 예찬

최양선 소설 | 시호 그림 | 값 7,500원 | ISBN 978-89-364-5863-8

비엔나소시지가 입 안에서 뽀드득!
내 사랑은 이토록 맛있게 시작되었다

이른 사춘기를 걱정하는 엄마 때문에 유기농 음식만 먹어야 하는 지수. 그래도 예찬이와 함께라면 점심시간이 행복하다. 지수는 용기를 내 예찬이에게 고백하지만 대답을 듣지 못하는데……. "예찬아, 넌 내가 싫은 거니?"

칼자국

김애란 소설 | 정수지 그림 | 값 7,500원 | ISBN 978-89-364-5876-8

긴 세월 칼과 도마를 놓지 않은
어머니에 대한 기억

20여 년 동안 국숫집을 하며 '나'를 키운 어머니의 삶. 주인
공은 어머니의 부고를 듣고 나서야 그 억척스러운 삶을 돌아
보게 된다. 김애란 작가가 들려주는 가슴 뭉클한 이야기.

하늘은 맑건만

현덕 소설 | 이지연 그림 | 값 7,500원 | ISBN 978-89-364-5877-5

가슴 뜨끔한 거짓말!
푸른 하늘 아래 문기는 고개를 들 수 있을까?

문기는 심부름을 하다가 우연히 많은 돈을 받게 된다. 그 돈
을 수만이와 같이 장난감을 사는 데 써 버린 문기는 곧 죄책
감에 시달리고, 수만이와도 다투게 되는데…… . 편치 않은
비밀을 품게 된 문기의 이야기. ★중1 교과서 수록작

뱀파이어 유격수

스콧 니컬슨 소설 | 송경아 옮김 | 노보듀스 그림 | 값 7,500원
ISBN 978-89-364-5878-2

우리 야구팀의 유격수는 뱀파이어!
뱀파이어도 인간과 함께 어울려 살 수 있을까?

계몽된 시대, 사람들은 더 이상 '다름'을 대놓고 차별하거나
멸시하지 못한다. 하지만 치열하게 승부를 겨루는 리틀 야
구 대회에 뛰어난 실력을 갖춘 뱀파이어 유격수가 나타나자
그를 바라보는 사람들의 시선은 곱지 않은데…… .

독서포기자들을 위한 새로운 소설 읽기 프로젝트

소설의 첫 만남

1. 뛰어난 문학 작품을 다채로운 그림과 함께 읽는다

새로운 감성으로 단장한 얇고 아름다운 문고입니다.
긴 글보다는 시각적 이미지에 친숙한 청소년들을 위해
다채로운 삽화를 더해 마치 웹툰처럼 흥미진진하게 읽힙니다.

2. 책과 멀어진 아이들을 위한 책

한 손에 잡히는 책의 크기와 길지 않은 분량 덕분에
그간 책과 멀어졌던 아이들에게 권하기에 적절합니다.

3. 학교 현장의 선생님들이 더욱 기대하고 추천하는 책

'소설의 첫 만남' 시리즈는 학교 현장의 선생님들에게 선공개되어
"이런 책을 기다려 왔다!"라는 뜨거운 기대평을 모았습니다.

4. 더 깊은 독서를 위한 마중물

깊은 샘에서 펌프로 물을 퍼 올리려면 위에서 한 바가지의 마중물을
부어야 합니다. '소설의 첫 만남' 시리즈는 아이들이 다시금
책과 가까워질 수 있도록 마중물 역할을 합니다.

"이런 책을 기다려 왔다!"

★ ★ ★ ★ ★

학교 현장에서 들려온 뜨거운 찬사
아이들이 먼저 손에 들고 좋아하는 책

"동화책에서 소설로 향하는 가교 역할을 하는 책." 서덕희(경기 광교고 국어 교사)

"우리 학생들이 재미있게 책 읽는 풍경을 기대하며 마음이 설렌다." 신병준(경기 삼괴중 국어교사)

"'소설의 첫 만남' 시리즈는 자신도 모르는 사이에
이야기 속으로 빠져들 수 있도록 재미와 기쁨을 전한다." 최은영(경기 미사강변고 국어교사)

"첫 만남은 언제나 가슴 설레는 일이다.
단편소설을 일러스트와 함께 소개하는 이 시리즈를 통해
책 읽기의 즐거움을 한껏 느낄 수 있기를 바란다." 안찬수(시인, 책읽는사회문화재단 상임이사)

작고 예쁜 문고판 서적이 독자들에게 찾아왔다. 시사인

문제집 내려놓고 소설책 집어 들 때를 위한 책. 연애 꿈 등 청소년의 고민이 담겼다. 부산일보

책 읽기에서 멀어진 청소년들이 우선 독자다. 개성 있는 일러스트가 돋보인다. 경향신문

웹툰처럼 편하게 소설을 읽는다. 경인일보

책을 손에 잡으면 잠부터 쏟아지는 사람을 위한 책.
독서에 익숙하지 않은 사람도 지루할 틈이 없다. 싱글즈

흥미로운 이야기와 매력적인 삽화로 무장했다. 다채롭게 읽힌다. 매일경제